GRAND ERRATUM,

SOURCE

D'UN NOMBRE INFINI D'ERRATA.

AGEN,

IMPRIMERIE DE P. NOUBEL.

1835.

GRAND ERRATUM.

GRAND

ERRATUM,

SOURCE
D'UN NOMBRE INFINI D'ERRATA,
A NOTER

Dans l'Histoire du 19ᵉ siècle.

Agen,

IMPRIMERIE DE PROSPER NOUBEL.

—

1835.

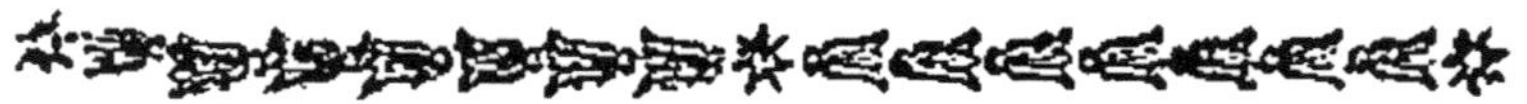

GRAND ERRATUM,

SOURCE D'UN NOMBRE INFINI

D'ERRATA,

A NOTER

Dans l'Histoire du dix-neuvième siècle

Napoléon Bonaparte, dont on a dit et écrit tant de choses, n'a pas même existé. Ce n'est qu'un personnage allégorique. C'est le soleil personnifié ; et notre assertion sera prouvée, si nous

1

fesons voir que tout ce qu'on publie de Napoléon-le-Grand, est emprunté du grand astre.

Voyons donc sommairement ce qu'on nous dit de cet homme merveilleux.

On nous dit :

Qu'il s'appelait Napoléon Bonaparte ;

Qu'il était né dans une île de la Méditerranée ;

Que sa mère se nommait *Letitia* ;

Qu'il avait trois sœurs et quatre frères, dont trois furent rois ;

Qu'il eut deux femmes, dont une lui donna un fils;

Qu'il avait sous lui seize maréchaux de son empire, dont douze étaient en activité de service;

Qu'il mit fin à une grande révolution;

Qu'il triompha dans le midi; et qu'il succomba dans le Nord;

Qu'enfin, après un règne de douze ans, qu'il avait commencé en venant de l'Orient, il s'en alla disparaître dans les mers occidentales.

Reste donc à savoir si ces différentes particularités sont empruntées du soleil, et nous espérons que quiconque lira cet écrit en sera convaincu.

Et d'abord, tout le monde sait que le soleil est nommé Apollon par les poètes ; or, la différence entre Apollon et Napoléon n'est pas grande, et elle paraîtra encore bien moindre, si on remonte à la signification de ces noms ou à leur origine.

Il est constant que le mot *Apollon* signifie exterminateur, et il parait que ce nom fut donné au soleil par les Grecs, à cause du mal qu'il leur fit devant Troie, où une partie de leur armée périt par les chaleurs excessives et par la contagion qui en résulta, lors de l'outrage fait par Agamemnon à Chrysés, prêtre du soleil, comme on le voit au commencement de l'Iliade d'Homère; et la brillante imagination des poètes Grecs transforma les rayons de l'astre, en flèches enflammées que le dieu irrité lançait de toutes parts et qui auraient tout exterminé, si, pour apaiser sa colère, on n'eût rendu la liberté à Chry-

séis, fille du sacrificateur Chrysés.

C'est vraisemblablement alors
et pour cette raison que le soleil
fut nommé Apollon ; mais quelle
que soit la circonstance ou la
cause qui a fait donner à cet
astre un tel nom , il est certain
qu'il veut dire exterminateur.

Or, *Apollon* est le même mot
qu'*Apoléon*. Ils dérivent de *Apol-
luo* Ἀπολλύω, ou *Apoleo* Ἀπολέω,
deux verbes grecs qui n'en font
qu'un, et qui signifient perdre ,
tuer, exterminer. De sorte que,
si le prétendu héros de notre

siècle s'appellait *Apoléon*, il aurait le même nom que le soleil,
et il remplirait d'ailleurs toute
la signification de ce nom; car
on nous le dépeint comme le
plus grand exterminateur d'hommes qui ait jamais existé. Mais
ce personnage est nommé Napoléon, et conséquemment il y a
dans son nom une lettre initiale
qui n'est pas dans le nom du
soleil. Oui, il y a une lettre de
plus et même une syllabe; car,
suivant les inscriptions qu'on a
gravées de toutes parts dans la
capitale, le vrai nom de ce pré-

tendu héros était *Neapoléon*. C'est ce que l'on voit notamment sur la colonne de la place Vendôme.

Or, cette syllabe de plus n'y met aucune différence. Cette syllabe est grecque, sans doute, comme le reste du nom, et en grec, *né νή, nai* ou *ναί*, est une des plus grandes affirmations que nous pouvons rendre par le mot *véritablement*. D'où il suit que Neapoléon signifie véritable exterminateur, véritable Apollon. C'est donc véritablement le soleil.

Mais que dire de son autre

nom? Quel rapport le mot *Bonaparte* peut-il avoir avec l'astre du jour? On ne le voit point d'abord ; mais on comprend au moins que, comme *bonaparte* signifie bonne partie, il s'agit sans doute là de quelque chose qui a deux parties, l'une bonne et l'autre mauvaise ; de quelque chose qui, en outre, se rapporte au soleil Napoléon. Or , rien ne se rapporte plus directement au soleil que les effets de sa révolution diurne , et ces effets sont le jour et la nuit, la lumière et les ténèbres ; la lumière que sa présence produit, et les ténèbres qui prévalent dans son absence. C'est une allégorie empruntée des Perses. C'est l'empire d'Oromaze et celui d'Arimane ; l'empire de la lumière et des ténèbres ; l'empire des bons et des mauvais génies. Et c'est à ces derniers, c'est aux génies du mal et des ténèbres que l'on dévouait autrefois par cette expression imprécatoire : *Abi in malam partem.* Et si, par *mala parte*, on entendait les ténèbres, nul doute que par *bonaparte* on ne doive entendre la lumière.

C'est le jour, par opposition à la nuit; ainsi on ne saurait douter que ce nom n'ait des rapports avec le soleil, surtout quand on le voit assorti avec Napoléon, qui est le soleil lui-même, comme nous venons de le prouver.

2° Apollon, suivant la mythologie grecque, était né dans une île de la Méditerranée (dans l'île de Délos); aussi a-t-on fait naître Napoléon dans une île de la Méditerranée, et de préférence on a choisi la *Corse*, parce que la situation de la Corse, relativement à la France, où on a voulu le faire régner , est la plus conforme à la situation de Délos relativement à la Grèce, où Apollon avait ses temples principaux et ses oracles.

Pausanias, il est vrai, donne à Apollon le titre de divinité Egyptienne ; mais pour être divinité Egyptienne, il n'était pas nécessaire qu'il fût né en Egypte ; il suffisait qu'il y fût regardé comme un dieu, et c'est ce que Pausanias a voulu nous dire ; il a voulu nous dire que les Egyptiens l'adoraient, et cela encore établit un rapport de

plus entre Napoléon et le Soleil;
car on a dit qu'en Egypte, Napoléon fut regardé comme revêtu d'un caractère surnaturel,
comme l'ami de Mahomet, et
qu'il y reçut des hommages qui
tenaient de l'adoration.

3º On prétend que sa mère
se nommait Letitia. Mais sous
le nom de *Letitia*, qui veut dire
la joie, on a voulu désigner
l'Aurore, dont la lumière nais-
sante répand la joie dans toute
la nature ; l'aurore qui enfante
au monde le soleil, comme di-
sent les poètes, en lui ouvrant

avec ses doigts de rose les por-
tes de l'Orient.

Encore est-il bien remarquable que, suivant la mythologie
grecque, la mère d'Apollon s'appelait *Leto*, ou Léto, Λητώ.
Mais si de *Leto*, les Romains
firent *Latone*, mère d'Apollon
et de Diane, on a mieux aimé,
dans notre siècle, en faire *Letitia*, parce que *lœtitia* est le subs-
tantif du verbe *lœtor* ou de l'inu-
sité *lœto*, qui voulait dire inspi-
rer de la joie.

Il est donc certain que cette
Letitia est prise, comme son fils,

dans la mythologie grecque.

4o D'après ce qu'on en raconte, ce fils de Letitia avait trois sœurs, et il est indubitable que ces trois sœurs sont les trois Graces, qui, avec les muses, leurs compagnes, faisaient l'ornement et les charmes de la cour d'Apollon, leur frère.

5° On dit que ce moderne Apollon avait quatre frères. Or, ces quatre frères sont les quatre saisons de l'année, comme nous allons le prouver. Mais d'abord qu'on ne s'effarouche point en voyant les saisons représentées par des hommes, plutôt que par des femmes. Cela ne doit pas même paraître nouveau, car, en français, des quatre saisons de l'année, une seule est féminine, c'est l'automne, et encore nos grammairiens sont peu d'accord à cet égard. Mais en latin, *autumnus* n'est pas plus féminin que les trois autres saisons. Ainsi, point de difficulté là-dessus. Les quatre frères de Napoléon peuvent représenter les quatre saisons de l'année, et ce qui suit va prouver qu'ils les représentent réellement.

Des quatre frères de Napoléon, trois, dit-on, furent rois, et ces trois rois sont le Printemps, qui règne sur les fleurs ; l'Été, qui règne sur les moissons ; et l'Automne, qui règne sur les fruits. Et comme ces trois saisons tiennent tout de la puissante influence du soleil, on nous dit que les trois frères de Napoléon tenaient de lui leur royauté et ne régnaient que par lui. Et quand on ajoute que, des quatre frères de Napoléon, il y en eut un qui ne fut point roi, c'est parce que, des quatre saisons de l'année, il en est une qui ne règne sur rien, c'est l'Hiver.

Mais si, pour infirmer notre parallèle, on prétendait que l'Hiver n'est pas sans empire, et qu'on voulût lui attribuer la triste *principauté* des neiges et des frimats, qui, dans cette fâcheuse saison, blanchissent nos campagnes, notre réponse serait toute prête; c'est, dirions-nous, ce qu'on a voulu nous indiquer par la vaine et ridicule principauté dont on prétend que ce frère de Napoléon a été revêtu après la déeadence de toute sa famille, principauté qu'on a attachée au village de *Canino* de préférence à tout autre , parce que *canino* vient de *cani*, qui veut dire : les cheveux blancs de la froide vieillesse , ce qui rappelle l'Hiver. Car , aux yeux des poëtes, les forêts qui couronnent nos coteaux en sont la chevelure; et quand l'hiver les couvre de ses frimats , ce sont les cheveux blancs de la nature défaillante, dans la vieillesse de l'année.

Cùm gelidus crescit *canis* in montibus humor.

Ainsi, le prétendu prince de *Canino* n'est que l'Hiver personnifié ; l'Hiver qui commence quand il ne reste plus rien des trois belles saisons, et que le soleil est dans le plus grand éloignement de nos contrées envahies par les fougueux *enfans du Nord,* nom que les poétes donnent aux vents qui, venant de ces contrées, décolorent nos campagnes et les couvrent d'une odieuse blancheur ; ce qui a fourni le sujet de la fabuleuse invasion des peuples du Nord dans la France, où ils auraient fait disparaître un drapeau de diverses couleurs dont elle était embellie, pour y substituer un drapeau blanc qui l'aurait couverte tout entière, après l'éloignement du fabuleux Napoléon. Mais il serait inutile de répéter que ce n'est qu'un emblême des frimats que les vents du Nord nous apportent durant l'Hiver, à la place des *aimables* couleurs que le soleil maintenait dans nos contrées, avant qu'il se fût éloigné de nous par son déclin vers le midi, toutes choses dont il est facile de voir

l'analogie avec les fables ingé-
nieuses que l'on a imaginées
dans notre siècle.

6° Selon les mêmes fables ,
Napoléon eut deux femmes, aussi en avait-on attribué deux au
Soleil. Ces deux femmes du Soleil étaient la Lune et la Terre;
la Lune, selon les Grecs (c'est
Plutarque qui l'atteste), et la
Terre, selon les Égyptiens. Avec
cette différence bien remarquable, que de l'une (c'est-à-dire
de la Lune), le Soleil n'eut point
de postérité ; et que de l'autre ,
il eut un fils, *un fils unique*, c'est

le petit *Horus*, fils d'Osiris et d'Isis, c'est-à-dire du Soleil et de la Terre, comme on le voit dans l'histoire du ciel, tome 1, pages 61 et suivantes. C'est une allégorie égyptienne, dans laquelle le petit *Horus*, né de la terre fécondée par le soleil, représente les fruits de l'agriculture; et précisément on a placé la naissance du prétendu fils de Napoléon au 20 mars, à l'équinoxe du printemps, parce que c'est au printemps que les productions de l'agriculture prennent leur grand développement.

7° On dit que Napoléon mit fin à un fléau dévastateur qui *terrorisait* toute la France, et qu'on nomma l'hydre de la révolution. Or, un hydre est un serpent, et peu importe l'espèce, surtout quand il s'agit d'une fable. C'est le serpent Python, dragon monstrueux qui était la *terreur* de la Grèce, et qui fut étouffé par Apollon, lorsqu'il n'était encore que dans son berceau, et c'est pour cela qu'on nous dit que Napoléon commença son règne en étouffant la révolution française, aussi chimérique que tout le reste ; car on voit bien que révolution est emprunté du mot latin *revolvo*, qui indique la situation d'un serpent roulé sur lui-même. C'est Python et rien de plus.

8° Le célèbre guerrier du 19° siècle avait, dit-on, douze maréchaux de son empire, à la tête de ses armées, et quatre en non activité. Or, les douze premiers (comme bien entendu), sont les douze signes du zodiaque, marchant sous les ordres du soleil Napoléon, et commandant chacun une division de l'innombrable armée des étoiles, qui se trouve partagée en douze parties, correspondant aux douze signes. Tels sont les douze maréchaux qui, suivant nos fabuleuses chroniques, étaient en activité de service sous l'empereur Napoléon, et les quatre autres vraisemblablement sont les quatre points cardinaux qui, immobiles au milieu du mouvement général, représentent fort bien la non-activité dont il s'agit.

Ainsi, tous ces maréchaux, tant actifs qu'inactifs, sont des êtres purement symboliques, qui n'ont pas eu plus de réalité que leur chef.

9° On nous dit que ce chef de tant de brillantes armées avait parcouru glorieusement les contrées du midi ; mais qu'ayant trop pénétré dans le Nord, il ne put s'y maintenir. Or, tout cela caractérise parfaitement la marche du soleil.

Le soleil, on le sait bien, domine en souverain dans le midi, comme on le dit de l'empereur Napoléon. Mais ce qu'il y a de bien remarquable, c'est qu'après l'équinoxe du printemps, le soleil cherche à gagner les régions septentrionales, en s'éloignant de l'équateur. Mais au bout de *trois mois* de marche vers ces contrées, il rencontre le tropique boréal qui le force à reculer et à revenir sur ses pas vers le Midi, en suivant le signe du Cancer, c'est-à-dire de l'*Ecrevisse*, signe auquel on a donné ce nom (dit Macrobe), pour exprimer la marche rétrograde du soleil dans cet endroit de la sphère. Et c'est là-dessus qu'on a calqué l'imaginaire expédition de Napoléon vers le Nord, vers Moscow, et la retraite humiliante dont on dit qu'elle fut suivie.

Ainsi, tout ce qu'on nous raconte des succès et des revers de cet étrange guerrier, ne sont que des allusions relatives au cours du soleil.

10° Enfin, et ceci n'a besoin d'aucune explication, le soleil se lève à l'Orient et se couche à l'Occident, comme tout le monde le sait. Mais pour des spectateurs situés aux extrémités des terres, le soleil paraît sortir le matin des mers orientales et se plonger, le soir, dans les mers occidentales. C'est ainsi, d'ailleurs, que tous les poètes nous dépeignent son lever et son coucher. Et c'est là tout ce que nous devons entendre, quand on nous dit que Napoléon vint par mer de l'Orient (de l'Egypte), pour régner sur la France, et qu'il a été disparaître dans les mers occidentales, après un règne de douze ans, qui ne sont autre chose que les douze heures du jour, les douze heures pendant lesquelles le soleil brille sur l'horizon.

Il n'a régné qu'un jour, dit l'auteur des *Nouvelles Messéniennes*, en parlant de Napoléon, et la manière dont il décrit son élévation, son déclin et sa chute, prouve que ce charmant poète n'a vu, comme nous, dans Napoléon, qu'une image du soleil; et il n'est pas autre chose; c'est prouvé par son nom, par le nom de sa mère, par ses trois sœurs, ses quatre frères, ses deux femmes, son fils, ses maréchaux et ses exploits; c'est prouvé par le lieu de sa naissance, par la région d'où il vint en entrant dans la carrière de sa domination, par le temps qu'il employa à la parcourir, par les contrées où il domina, par celles où il échoua, et par la région où il disparût, pâle et *découronné*, après sa brillante course, comme le dit le poète *Delavigne*.

Il est donc prouvé que le prétendu héros de notre siècle n'est qu'un personnage allégorique dont tous les attributs sont empruntés du soleil. Et par conséquent, Napoléon Bonaparte, dont on a dit et écrit tant de choses, n'a pas même existé, et l'erreur où tant de gens ont donné tête baissée, vient d'un *quiproquo*, c'est qu'ils ont pris la mythologie du dix-neuvième siècle, pour une histoire.

P. S. Nous aurions encore pu invoquer, à l'appui de notre thèse, un grand nombre d'ordonnances royales, dont les dates certaines sont évidemment contradictoires au règne du prétendu Napoléon, mais nous avons eu nos motifs pour n'en pas faire usage.

FIN.

OBSERVATION

DE

L'ÉDITEUR.

Dans ce singulier écrit, n'aurait-on voulu que s'égayer en donnant une apparence fabuleuse à des faits aussi notoires, aussi célèbres et aussi récents? Le caractère de l'auteur, qui nous est connu, ne nous permet pas de le penser. Il doit avoir eu certainement un but sérieux et utile. Il a voulu sans doute, par tous ces étranges paradoxes, faire la critique de quelque ouvrage éminemment paradoxal, tel, par exemple, que *l'Origine des Cultes*, de M. Dupuis. Et c'est très-vraisemblablement celui-là qu'il a eu en vue, nous en avons la preuve dans les moyens qu'il néglige, comme dans ceux qu'il emploie. Il nous dit qu'il a eu ses motifs pour ne point faire usage des ordonnances royales qui pouvaient appuyer sa thèse. Mais, quels motifs peut-il avoir eus pour négliger de faire usage des ordonnances de Louis XVIII, qui, dès son entrée en France, en 1814, les datait de la dix-neuvième année de son règne, ce qui faisait entièrement disparaître le règne de Napoléon? Pourquoi a-t-on laissé à l'écart des moyens aussi péremptoires? C'est que de tels moyens sont étrangers à M. Dupuis, et que, pour le combattre plus directement, on n'a voulu employer que des armes dans le genre des siennes. On n'a voulu se servir que de rapprochemens astronomiques et mythologiques qui sont ses moyens de prédilection, par lesquels ce malheureux auteur cherche à rendre douteux tout ce que nous avons de plus authentique et de plus respectable. Il est donc évident qu'on a eu pour but de faire sentir le ridicule des moyens employés par M. Dupuis, ce qui est la meilleure des réfutations; et cette réfutation est d'autant plus forte que, dans tout son grand ouvrage, on ne saurait rien trouver d'aussi capable de faire illusion, que ce qu'on vient de voir dans ce petit opuscule, illusion qui, aujourd'hui, n'a point lieu par la seule raison que les événemens dont il s'agit sont trop près de nous. Mais si cet écrit avait paru quelques centaines d'années plus tard, il n'aurait pas manqué de produire, dans l'esprit d'un grand nombre de ses lecteurs, les doutes les plus graves sur la véracité de l'histoire du dix-neuvième siècle, relativement à Napoléon.

Ainsi, le vrai titre de l'opuscule que nous publions est indubitablement celui-ci :

LE NOUVEAU DUPUIS,